MEIN HUMORBUCH

EDITION E | knapp verlag

AM ANFANG WAR DAS LACHEN

LIEBE HUMORBÜCHLER,

ich gestehe, ich bin ein Fan von Niccels Humorbuch-Idee.
Sie erlaubt mir ab und zu einen Blick in ihr Humorbuch zu werfen.
Und kaum habe ich begonnen, darin zu blättern, hört sie mich auch schon laut lachen, obwohl ich doch das Buch mittlerweile fast auswendig kenne. Das beweist, dass wir humorvolle Gedanken und Witze viel zu schnell wieder vergessen.

Niccel unterstützt in ihren *LachsemiNarren* Menschen darin, das Lachen wieder stärker im Alltag zu integrieren. Verloren geglaubtes Lachen wird reaktiviert und die Begabung, andere zum Lachen zu bringen, wird aufgefrischt.
Und jeder Teilnehmer verlässt das Seminar mit seinem ganz persönlichen Humorbuch.

Ein von Ihnen gestaltetes Humorbuch kann Ihnen helfen, Ihrem Humor treu zu bleiben. Nehmen Sie in schwierigen Situationen oder wenn Kino, Theater und Fernsehen nichts Lustiges zu bieten haben, Ihr Humorbuch in die Hände und erleben Sie, wie Sie immer wieder lachen können über Ihre amüsanten Eintragungen, die Sie schon lange wieder vergessen hatten.

Lachen oder nicht lachen? Von jetzt an liegt das in Ihren Händen.

Ich wünsche Ihnen viel Vergnügen mit diesem fröhlichen Lebensbegleiter in Buchform.

Emil Steinberger
Montreux, 2013

REZEPT FÜR MEHR FRÖHLICHKEIT IM ALLTAG

Man nehme ein Leerbuch. Nein, nicht irgendeines, sondern das Buch, das Sie gerade in Ihren Händen halten. Ich habe es für Sie gestaltet und es soll Sie in den nächsten Jahren durchs Leben begleiten.

Nun fügen Sie mit Stiften, Schere und Kleber peu à peu diesem Buch alle Zutaten bei, die Sie zum Lachen animieren können.

Vielleicht ist dies ja Ihr erstes Humorbuch. Darf ich Ihnen dazu ein paar Anregungen geben?

Auf den leeren Seiten finden Sie viel Platz, um lustige Erlebnisse, Kindermund, komische Versprecher und auch Ihre Lieblingswitze zu notieren. Schneiden Sie regelmässig lustige Cartoons aus den Zeitschriften und fertigen Sie aus Ihren Portrait-Fotos witzige Collagen. Oder machen Sie eine fröhliche Fotosession mit Ihren Liebsten und kleben Sie die Fotos – versehen mit originellen Kommentaren – in Ihr Humorbuch.

Auch freche und dumme Sprüche dürfen nicht fehlen. Einfach alles, was Sie mit Heiterkeit erfüllt. Vielleicht gibt es auch Gedichte oder Liedtexte, die Sie zum Schmunzeln bringen.
Notieren Sie auch alle Namen von Komikern und Humoristen, die mit ihren Filmen, Stücken und Texten am erfolgreichsten Ihre Lachmuskeln strapazieren.

Vielleicht gibt es in Ihrem persönlichen Umfeld auch Menschen (oder Tiere), die Sie mit Leichtigkeit zum Lachen bringen können. Die hätten es natürlich auch verdient, in diesem Buch erwähnt zu werden.

Und womit kitzeln Sie am leichtesten Ihren Mitmenschen ein Lachen heraus? Sofort notieren!
Ein Foto von Ihrem schönsten und strahlendsten Lachen gehört auch in dieses Buch.

Ich habe mir erlaubt, schon ein paar Sprüche und Zitate von klugen Köpfen über das Lachen und den Humor in dieses Buch zu schreiben. Ebenso ein paar Anregungen, was Sie auf den folgenden Seiten alles anstellen könnten. Und ab und zu finden Sie Wissenswertes über das Lachen und den Humor. Lassen Sie sich einfach davon inspirieren ... oder überkleben und übermalen Sie diese Sätze, falls Sie den Platz benötigen.

Tägliche bedrückende Meldungen aus aller Welt, aber auch Ereignisse in der Familie oder am Arbeitsplatz können uns immer wieder das Leben schwer machen. In solchen Momenten dürfen Sie ruhig einmal zu Ihrem Humorbuch greifen. Sie werden erleben, dass sich Ihre Laune automatisch aufhellt. Und in dieser fröhlicheren Stimmung wird es Ihnen auch leichter fallen, gute Lösungen für Probleme zu finden.
Humor ist das beste Rezept, um mit mehr Heiterkeit durchs Leben zu gehen. Beginnen Sie noch heute damit, diese Seiten mit allem zu füllen, was Ihr Zwerchfell zum Zucken bringt und Ihre Mundwinkel nach oben bewegt!

Ich wünsche Ihnen viel Spass dabei!
Aufwiederlachen!

Ihre Niccel Steinberger
Montreux, 2013

Wer den Tag mit einem Lächeln beginnt, hat ihn bereits gewonnen.

Marcus Tullius Cicero

Dieses Humorbuch gehört

Mein Lachen ist ein Geschenk

Ganz schön dumme Sprüche

Es gibt nichts Schöneres,
als einem Kind Vergnügen zu machen.

Franziska Gräfin zu Reventlow

Mein bester Aprilscherz

Im Blut fröhlicher Menschen befinden sich doppelt so viele Immunzellen wie bei Pessimisten.

Ein humoristisches Gedicht

Man hat so lange das Schlimmste vor sich, bis es einen zum Lachen bringt.

Samuel Beckett

Darüber kann ich herzhaft lachen

Erwachsene lachen durchschnittlich 20 Mal pro Tag.
Kinder lachen am Tag bis zu 500 Mal.

Lustige Versprecher

Man sollte lieber zwei Muskeln bewegen, um zu lachen, statt dreizehn, um die Stirne zu runzeln und die Zähne zu zeig

Jacques Tati

Meine Lieblings-Kabarettisten

Humor tut seelisch, geistig und körperlich gut.

Verfasser unbekannt

Meine Definition von Humor

Wer andere zum Lachen bringen kann,
muss ernst genommen werden;
das wissen alle Machthaber.

Werner Finck

Mein Lieblingswitz

Frohsinnige Menschen sind ideenreich.

Li Tai Po

So zeichnet mich ein Kind

Lache, und die Welt lacht mit dir.

Ella Wheeler Wilcox

Ein witziges Foto von mir

Wer etwas leisten will, muss fröhlich sein!

Theodor Fontane

Unfreiwillige Komik

Humor ist, wenn man trotzdem lacht.

Otto Julius Bierbaum

Meine gesammelten verrückten Einfälle

*Vom Baume des Ernstes
ist der Humor die Blüte.*

Ferruccio Busoni

Die amüsantesten Szenen mit «Versteckter Kamera»

Durch regelmässiges Lachen erhält man einen entspannten Gesichtsausdruck und einen schöneren Teint.

Ich bastle mir eine Clownsnase

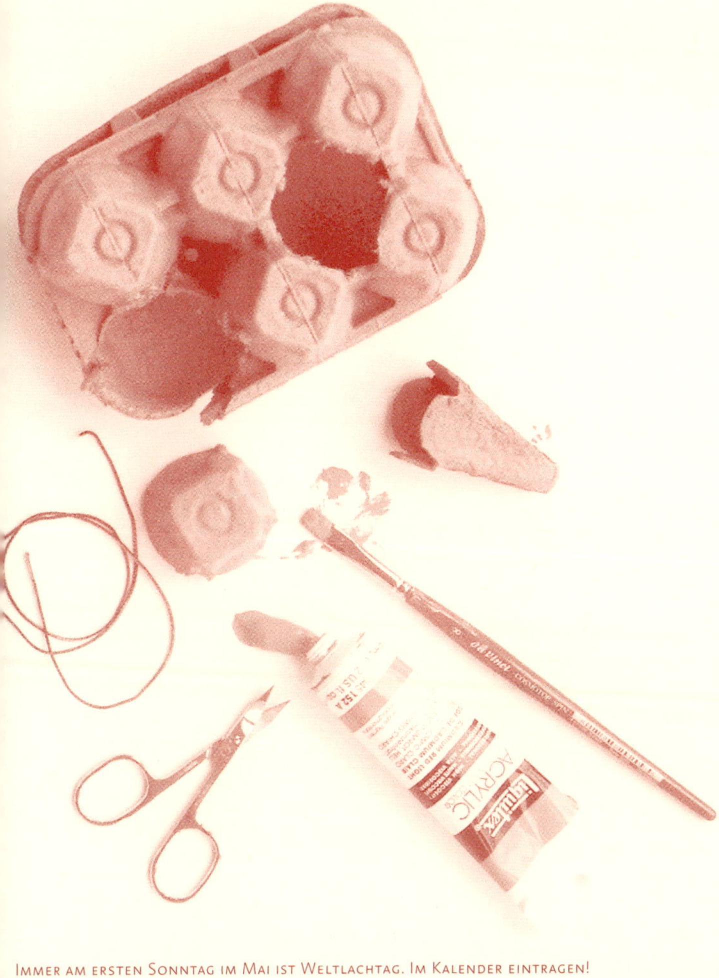

Immer am ersten Sonntag im Mai ist Weltlachtag. Im Kalender eintragen!

Es ist unmöglich, äusserlich zu lachen, ohne sich innerlich besser zu fühlen.

Daphne du Maurier

10 belustigende Nachrichten aus meinem Leben

Ein Lächeln ist die kürzeste Entfernung zwischen zwei Menschen.

Victor Borge

Musik, die mich fröhlich stimmt

Lächeln ist eine weltweit gültige Währung.

Verfasser unbekannt

Mein Humormantra

Meditieren mit einem Wort, das mich zum Lachen bringt

Wir lächeln, weil wir glücklich sind.
Aber wir können auch glücklich werden, weil wir lächeln.

Östliche Weisheit

So kann ich andere am besten zum Lachen bringen

Auf 1 Lach-Minute folgt eine
völlige Körperentspannung von 45 Minuten.
Und wenn man über den ganzen Tag verteilt
einige Minuten lacht, entspricht das
einer körperlichen Leistung von
einer ganzen Stunde Gymnastik.

Selbstportrait, blind gezeichnet

Ich glaube, dass zunehmendes Wissen den Menschen echte Ideale geben und die ebenfalls zunehmende Macht des Humors ihnen helfen wird, unechte zu verlachen.

Konrad Lorenz

Mein Lieblingswitz aus Kinderzeiten

Beim Lachen werden Endorphine ausgeschüttet. Sie versetzen einen in einen rauschähnlichen Zustand und wirken schmerzstillend.

Nicht ganz ernst zu nehmende Ratschläge

Ich halte das Lachen für eine der ernsthaftesten Angelegenheiten.

Wilhelm Raabe

Mein jährlicher Lachtag ist der

Tag .... Monat ....

Humor ist, wenn's im Zwerchfell kracht.

Niccel

Ein originelles Menü

Was passiert eigentlich, wenn man sich zweimal halb tot lacht?

Verfasser unbekannt

Meine Lieblingskomiker

Lachen ist gesund.
Wer bringt das der kranken Welt bei?

EMIL STEINBERGER

Das Dümmste aber auch Lustigste, was mir je passiert ist

Die Macht ist bei den Fröhlichen!

Hugo von Hofmannsthal

Eine lustige Aktion, die ich lancieren möchte

Wo befinde ich mich
auf einer Humorskala von 1 bis 10?

In meiner Humorbox befindet sich

Das Lachen ist der Geigerzähler des Humors.

Arthur Koestler

Darüber habe ich als Kind schallend gelacht

Ihr müsst lachen! Das ist der Weg zur Liebe.

Verfasser unbekannt

Unterhaltsame Theaterstücke

Der wirkliche Humor, der menschliche, ist etwas, was nur bei tiefernsten Menschen vorkommt, bei weisen, völlig unfanatischen Menschen.

Carl Jakob Burckhardt

Lustige Hinweisschilder

Betrachtet man seine Probleme aus einer
distanzierteren, humorvollen Optik,
wirken sie sofort weniger belastend und man kann
im besten Fall sogar über sie lachen.

Eine Karrikatur von mir

Humor ist der Knopf, der verhindert, dass uns der Kragen platzt.

Joachim Ringelnatz

Stilblüten

Lachen belebt stärker als Alkohol und Drogen.

Fröhliche Spiele aus meiner Kindheit

Es gibt keine grössere Macht als die Macht des Lachens.

Hugh Greene

Wäre ich ein Clown, dann hiesse ich

***Humor hat oft dort Erfolg,
wo alle anderen Methoden versagen.***

Verfasser unbekannt

Das bringt mich zum Lachen, auch wenn es mir schlecht geht

Nichts in der Welt wirkt so ansteckend wie Lachen und gute Laune.

Charles Dickens

Eine lustige Geschichte aus meinem Leben

Der verlorenste aller Tage ist der, an dem man nicht gelacht hat.

NICOLAS CHAMFORT

Meine lustigste Grimasse

Lege eine rote Nase ins Handschuhfach deines Autos. Wenn du im Stau stehst und dich ärgerst, setze sie auf. Beobachte die Menschen in den Autos neben dir und suche Blickkontakt. Lächle. Heiterkeit steigt in dir auf und der Ärger wird zur Nebensache.

Mein persönlicher Lachpate/meine persönliche Lachpatin ist

Nur mit Komik kann man überleben, man braucht das Lachen.

Mel Brooks

In meiner Humorbibliothek stehen diese Bücher, CDs und DVDs

Wer einen Menschen zum Lachen bringt, hilft ihm zu leben.

Verfasser unbekannt

Die lustigsten Clowns aller Zeiten

Wenn Leute lachen,
sind sie fähig zu denken.

Dalai Lama

Eine witzige Collage mit meinem Kopf

Fröhlichkeit ist nicht die Flucht vor Traurigkeit, sondern der Sieg über sie.

Gorch Fock

Komische Übersetzungen

Beim Lachen erhöht sich der Gasaustausch in der Lunge um das Drei- bis Vierfache!

Wunderbarer Kindermund

Man muss sich schon gehörig krank lachen, um einigermassen gesund zu bleiben.

Hellmut Walters

Totaler Nonsens

***Fröhliches Lachen ist eine der schönsten Künste von allen, die man üben kann.
Wer es verstände, sie gut zu lehren, wäre einer der grössten Wohltäter der erwachsenen Menschheit.***

Otto von Leixner

Meine Orte der Freude

Perfektionsdruck führt dazu, dass man
immer steifer und humorloser wird.
Lachen macht mutig, locker und selbstbewusst.
Deshalb lasse ich mich nicht mehr von
meinen Fehlern einschüchtern.
Ich lache über sie.

Kunst, die mich heiter stimmt

Heiterkeit kann kein Übermass haben, sondern ist immer gut.

Baruch de Spinoza

Die 10 besten Methoden, mich zum Lachen zu bringen

Vor dem, der niemals lacht,
nimm dich in acht!

Verfasser unbekannt

So sah mein Kinderlachen aus

Verloren ist, wer den Humor verlor.

Otto Julius Bierbaum

An die nächste Fasnacht gehe ich als

Nur Dummköpfe und Fanatiker haben überhaupt keinen Humor.

Charles de Talleyrand

Scherzartikel,
die noch in meine Humorbox gehören

Für die meisten komischen Situationen sorgen Nichtkomiker.

Hans-Horst Skupy

Lustige Cartoons

Die Millionenfrage:

Was erforschen Gelotologen?

A: Lärm	B: Lügen
C: Lachen	D: Liebeskummer

Die besten Filmkomödien

Humor ist einfach eine komische Art, ernst zu sein.

Sir Peter Ustinov

Witzige Sprüche

Das Lächeln ist ein Fenster, durch das man sieht, ob das Herz zu Hause ist.

Russische Redensart

Mein schönstes Lach-Foto

Es gibt nur ein Zeichen für Weisheit: gute Laune, die anhält.

Michel de Montaigne

Liebesbrief an mich selbst mit extrem vielen Rächstchreybfeellern

Humor ist der Versuch, sich selbst nicht ununterbrochen wichtig zu nehmen.

Ernst Kreuder

Mein spontanes Nonsengedicht

Ein Drittel aller Krankheiten sind auf Stress zurückzuführen. Lachen wirkt allen negativen Auswirkungen des Stresses optimal entgegen.

Komische Verbote und Vorschriften

Frohes Gemüt kann Schnee in Feuer verwandeln.

Spanisches Sprichwort

Witzige Erfindungen

Es ist nicht erst seit gestern, dass ich mir anhöre,
was der Clown zu sagen hat.
Von ihm habe ich gelernt, dass wir uns der Komik nicht
verschliessen dürfen.
Niemals.
Selbst wenn wir uns am Ende unseres Weges wähnen.
Weil nichts in unserem Leben ohne Komik ist.
Nichts.

HARDY KRÜGER IN «SZENEN EINES CLOWNS», GUSTAV LÜBBE VERLAG, 2001

1. Auflage, Frühjahr 2013

Umschlaggestaltung | Monika Stampfli-Bucher
Druck und Bindung | fgb · freiburger graphische betriebe | www.fgb.de | D-79108 Freiburg i. Br.

ISBN 978-3-905638-45-5

www.niccel.ch
www.edition-e.ch
www.knapp-verlag.ch

Niccel Steinberger
«ich bin fröhlich»
Impulse für einen humorvolleren Alltag

Dieses Taschenbuch ist der beste Wegweiser für einen fröhlicheren Alltag. Entdecken Sie, wie Sie mehr lachen und andere zum Lachen bringen können. Erfahren Sie, warum das Lachen für uns lebensnotwendig ist und amüsieren Sie sich noch dabei.
Dieser praktische Ratgeber ist längst ein Muss in der Humor- und Lachszene geworden!
Mit vielen Beispielen und einer umfangreichen Adressliste.

292 Seiten, Taschenbuch

ISBN 978-3-905638-07-3

Niccel Steinberger
«Hund auf Jobsuche»
Mit vielen Hundefotos

In diesem Buch mit vielen originellen Hundefotos von Niccel Steinberger begegnen Sie 80 Hunden, die sich als Bürohund bewerben. Man kann nur staunen, mit welchen Super-Qualitäten die Hunde Hahasso, Lady Dogana, Bella Beiss und Puli Puschel versuchen, den Personalchef zu beeindrucken.
Welchen von diesen sympathischen Vierbeinern würden Sie denn vom Fleck weg engagieren?

180 Seiten, Softcover

ISBN 978-3-905638-41-7